청어詩人選 287

풀무소리

진용섭 시집

청어

그리움!

　과거의 경험이나 추억을 그리는 애틋한 마음을 그리움이라 말한다.

　인간이 태어나 사(死)의 영역에 도달할 때까지 삶이 존재하는 동안 때와 장소를 불문하고 우리에게 애틋함을 안겨주는 불멸, 필연의 생로병사와도 같은 아마 그런 것이 아닐까?

　탄생의 순간부터 생(生)의 마지막 순간까지 삶의 그림자처럼 동행을 이어가면서 때로는 가슴 아픈 순간들을 안겨주기도 하기에 한 번쯤, 그 순간들을 잊어보았으면 하고 수평선 저 너머로 여행을 떠나기도 하지만, 영원히 떨쳐지지 않는 존재가 곧, 그리움이 아닐까 한다.

　고통의 순간들을 피할 수 없기에 노(老)와 사(死)의 영역 범위를 좀 더 좁혀서 생(生)의 영역을 넓히려 하고 사(死)의 순간들은 애써 지우려 한다. 하지만 피할 수 없는 사(死)의 순간들은 닥쳐오고….

영원한 굴레, 결코 벗어날 수 없기에 오늘도 순응하며 묵묵히 걸음을 옮겨가는 그곳에 그림자 하나 남겨 놓고 떠나가는 길, 이것이 곧, 인생의 길이 아닐까? 하여 지난 추억들을 한곳에 모아놓고 독자와 함께, 희로애락을 공유하면서 인생의 가는 길에 꽃잎 하나 남겨놓을까 한다.

　　　　　　　　　　　　　경청(鏡淸) 진용섭

차례

2부 슬픔

3부 고독

4부 추억

5부 풍경

1부

그리움

풀무소리

꼭, 이맘때였는데, 들꽃이 만발하던
못 오시네, 못 오시네, 한 번 가면 못 오시네
요령 소리 가슴팍을 애이고
두견새 상여 끝 머물 적에
뻐꾹새 찾아와 만장을 들었다

정화수 올려놓고 부뚜막에 덤불 지펴
보릿대 비명 소리 가슴으로 담다가
굽어진 허리 머리가 하얗던
어머님의 풀무소리

빛바랜 경대 동백기름 바르시다
무명치마 동여매고 막걸리 빚어
광주리에 호박전 담고
삼전평리 논두렁길 걷던 모습이
몹시도 그립습니다

힘겨운 수차 소리, 새 쫓는 시름 소리
빛바랜 밀짚모자 까맣던 아버님 얼굴
장죽 연기 그리워 눈시울 붉히시던
어머님의 풀무소리

토방 위에 사금파리 붓끝으로 줄을 긋다가
호박꽃 올려놓고 걸어가던 날
실개천 빨래소리 헐려버린 초가집에
맴돌다 떠나가신 어머님의 영혼소리

노을 진 내 고향

서쪽 하늘 지평선 붉은 빛 젖어오면
논두렁 머물던 내 친구 시냇물에 발 담고 멱 감던
고향동무 그리워

수수밭 이랑 치던 산들바람 여울에 저녁노을 띄우고
들녘에 짚더미로 성 쌓던
손길

마루에 모여앉아 쑥개떡 빚다가 하얀 박꽃 피우면
초승달 작은 배가 잿빛 하늘 밀치고
서산 넘어오던 곳

그 사람 언제 올까

사립문 열렸는데 거기 누구요?
왔던 길 잃은 것이
소한은 떠난 뒤라 절분 날 해넘이로
머물 것 같아
임 소식 아니 올까

산 넘어 꽃샘바람 밤새워 그리다가
만동은 떠나가고
바람도 잠든 시간 하얗게 달빛 띄워
오는 길 밝혔는데
그 사람 언제 올까?

이별의 흔적

그 사람 작은 미소 새벽이슬 담았다면
아마도 그것이 사랑일 텐데
이슬은 영롱한데

두견새 울음소리 언덕배기 서성이고
촉촉하게 젖은 구름 쓸쓸한 것이
차마 이별의 발자국일까?

반달

얼마나 외로웠음, 반쪽이 되었을까
그 사람 그리워서
타버린 가슴
반쪽만 하얗게
분칠하고 서 있다

처마 끝 슬픈 얼굴 보였을 거였으면
호롱불 밝혀놓고
마중이나 해볼 것을
네 올 줄 알았을까
이 밤 지새우면 잊혀질 줄 알았지

어머니와 같이한 마지막 수평선

겨울 눈꽃 질펀한 시골 언덕에
진눈깨비 내리면
초가집 처마 끝 말려진 굴뚝 넘어
엄마 숨결 보인다

가슴으로 담은 사랑 가마솥 가득
넘쳐서 까맣고
부뚜막 흙냄새가 손등에 머무는데
부엌문을 나선다

행주 잡은 무딘 손 시리울 텐데
새끼를 회돌이 분주하면
마루턱도 부스스
하루를 시작한다

바작지게 뉘어진 헛간 모퉁이
바둑이 잠이 든 시간
구들장 아랫목에
한기가 출렁이면

천사 손길 다가와
펼쳐서 감싸주신
엄마 목 목도리가
가슴을 울립니다

철없어 젖은 손 연거푸 덥혀주고
젖은 신 잔불 쬐어
마루 위에 내미신
어머님 사랑

샛강에 징검다리 물안개 가듯
서둘러 그렇게 떠나가신 뒤
어머님 그리워
수평선 저 너머 안겨봅니다

외로운 이별

가을과 동행하던 화사한 들꽃마저
꽃비 내려 시들면
상고대 필적에 자리 끝내어주고
서산 넘어 가는데

남겨진 사연들 미련도 많겠지만
무슨 사연 있었기에
그 사람 이별하고
홀연히 떠난 걸까

붉은빛 모으고 사랑을 속삭이다
슬퍼서 태웠을까
불타던 사랑도 여울 속에 갇히면
외로워 혼자인 것을

서리꽃 향수

장미 같던 행복이 머물던 자리건만
붉은빛 흔적 없고
잿빛만 홀로남아 향수를 그리는데
바람소리 쓸쓸히
길을 나선다

동행하고 싶어서 꺾어진 잎새 하나
그 사람 가슴에 띄워놓고
밤새워 뒤쫓다가
차가운 달빛으로 불꽃을 지우더니
서리꽃을 그렸구나!

막차는 오는데

터미널 모퉁이 걷던 그 사람 차창에 보여서
거시기 했다
무슨 생각이었을까 고정된 시선이
빗방울 튕겨서 흘러내릴 때
가슴에 담아나 놓을 것을
거시기 하다

거시기 했겠지만 좀 더 가까이서 바라다볼 걸
거시기 해서
못 보고 남겨진 아쉬움이 이처럼 사무치니
차창에 비쳐지던 물방울 하나
눈가에 머물고 있어
거시기 하다

해 가린 터미널 찬바람 휑하니 불다 멈췄는데
마지막 버스가 불빛을 밟고 있다
아지랑이 꽃피면 다시 오마 했는데
불빛만이 노랗고
차창이 빈 것이
거시기 하다

가을 나그네

수양버들 푸른빛 채질하는 언덕에
얼룩빼기 황소가
갈풀을 마감하면

땅거미 다가와 서산을 드리우고
초가집 울 넘어
하얀 연기 띄우면

동리 밖 고래실이랑 치던 농부가
서둘러 소매 접다
발채지고 서 있다

겨울이 오기 전에

어제 동행하던 미풍에게 물었다
곳! 한설 오겠지?
하얀 눈 쌓일 테고

계곡을 메워서 오솔길 만들면
설운언덕길목에
그 사람 올 텐데

설피를 빚을까?
차가운 한풍을 가슴으로 데우고
그 사람 맞으려면

달님 품에 안긴 마음

태양빛 떠난 자리 땅거미 내려온다
어둠이 흐르는데 왜! 왔을까?
홀연한 모습

화려한 네온 불빛 틈새에 머물다가
끝없는 사랑으로
백옥이 되었는데

검은 구름 겹쳐서 까맣게 물들이다
하얗게 미소 보인 가슴에 묻고
포근하게 떠있다

때늦은 후회

세월을 맞잡으면 그 마음
이어질 줄 알았는데
무심코 돌아보니 구름이 되었구나!

한 걸음 다가가
덧대고 싶었지만
굽어진 허리가 물안개 되어 있고

너 없는 들녘에는
그림자도 끊겼는데
뭐 하러 맴돌다가 덩그렇게 서 있나

남은 잎새 하나

가슴에 안아 봐, 채울 수 있는 건지
거 봐! 어제도 그랬잖아
허무하고 애석하드만
미련을 두려 하나

하늘엔 있을까 태양빛도 있는데
맴돌다 사라지면
애처로운 잎새만
지고 갈 텐데

산사의 고독

다듬이 두드리는 바람소리 들리는데
조각된 문풍지는
풍경 위에 머물고

여민 옷 그 여인 텅 빈 마루 앉아서
설움을 삼키다가
빗살 위에 서 있다

헐려버린 돌담장 틈바구니 송송하여
감잎 하나 줍다가
외로운 쑥부쟁이 마중하고 있는데

운무의 꿈

물안개 흐르는데 그 여인 하얗게
목화밭에 앉아서
천년을 오늘처럼 달빛을 밟고 있다

밤새워 감싸주던 꿀샘 같은 사랑도
새벽이슬 떠나면
그렇게 사라질 것을

그 사람 연정

처마 떠난 낙수 하나 그 사람 같아서
회색빛 방울 밑
밀쳐보았다

허물린 토담 아래 머물다간 머릿결이
연정을 품었으니
그 사람이었어라

희미한 추억 모아 낙수 위에 띄워놓고
거울을 바라본다
마주 보고 싶어서

꺾어진 모퉁이에 그 모습 머물지만
좀 가슴만 부풀고
아련할 것 같구나!

나비의 이별

골목길 건너서다
뒷모습 희미해 서글퍼서 울었다
나비가 떠난 뒤에

모정별곡

장터는 분주한데
비좁은 틈새 사이
멀뚱한 눈빛으로 서있는 모정

애잔하여 가슴에다 붓지만
복받치고 서러워서
멈춰 서 있다

모퉁이 걷다가 바라본 노파
빛바랜 모습이
왜 닮아보일까

낡은 좌판 보여서 순대 하나
집다가 떨구고
가슴으로 울었다

그리움일까

머물렀음 하였지만 들국화 지고
억새만 초라한데
달빛이 반쯤은 남아있다
그립자 보일까

가로등은 잠들고 골목길 휑한데
행여나 오는 걸까
길쭉하게 내밀고
그리움 당겨본다

가지 사이 앙상하고 아른 하여
혹여나 닮았을까
다가서서 보지만
달빛 삼킨 구름이

추억마저 가리고 지워버린다
외로워서 턱 괴고
그리움 퍼서 담다
슬퍼서 내리는 빗물일 텐데

초록빛 향수

가슴에 띄워놓고 우두커니 앉아서
까맣게 지새우다
탱자나무 가지에
초롱을 달아 본다

달빛을 모아놓고 추억을 낳아볼까
사라진 뱃길 위에
돛대만 덩그렇고
둔덕이 쓸쓸한데

그리운 임아 너 떠난 줄 알았으면
홍실이나 엮어서
띄워나 볼 걸
아직은 향수가 남아있는데

그 사람 앉은자리

돌아서면 슬픈 줄을 왜 몰랐을까
그 사람 떠난 자리
홀씨 하나
외로워서
언덕길을 넘었는데

산 넘어 남풍은 솔가지에 갇혀서
소매 끝만 보이고
낙엽 물던 산새들은
외로워서
푸드덕

꽃잎 떨어진 빈 둥지

어디쯤 가는 걸까
쏟아지는 폭포에 면경을 띄워본다
갈라진 틈 사이

잔잔한 추억 하나 보이는데
청목은 흔적 없고 고목 하나 남아서
덩그러니 서 있다

콧등을 다듬는 애잔한 향수 속에
그리움 실었는데
그 사람 소식 없고

외로워 바라보던 잔잔한 호수 위에
꽃잎 하나 띄우고
기약 없이 떠난다

고향친구

남전 들녘 저 넘어 동청마을
전동 보이네 만경까지
오중골 언덕 넘어 휑한 들녘 그리움

탑천강 손 내민
가슴속 나의 여인 못내 아쉬워
멈춰선 역사 홀로

그리운 사람
시샘하는 한풍에 가슴이 차갑구나
가장자리 갈대숲 남았는데

풀어놓은 추억들이
맴돌다가 잊혀질까
가슴 속에 숨겨두고 논둑 길 걷다가

보리싹 푸르게 동청에 수양버들
둥근 원에 담아보면
그녀 미소 보이는데

왜! 만추에 담았을까
담다가 등 떠민 바람소리 서글퍼서
가슴은 열었지만

흐른 세월 저만큼 떠나버린 빈자리
수수밭 영글던 탑천강 철길 위에
하얀 눈만 쌓여간다

갇혀버린 그 사람

봄비는 촉촉한데 떠오르는 깃털처럼
날던 사랑 하나
낙조 속에 갇혀서

아지랑이 꽃피운 구름을 흩게 하고
걷다 멈춘 메아리만
사잇길에 서 있다

영원한 나그네

구름 사이 틈새에 한 가닥 빛줄기 하얀데
밟다가 떠난 사람
가슴으로 당겨본다

오늘도 동행하고 싶어서 사랑하고 싶어서
새겨본 하트 하나
달아주고 싶었는데

미소 하나 남겨 놓고 그 먼 길을 떠났으니
찬비 올까 그리운 사람
기약이나 해주지

달빛 속에 머문 마음

태양이 열기를 바다에 던져주고
서산을 떠날 때면
노을이 아쉬워서
금빛의 파도를 황급히 물들이고
작은 돛
펼치지만

재 넘던 붉은 노을 가물 한 것이
점점이 사라지고
회색빛만 남았는데
그 사람 머물던 고향언덕 그리워
가린 구름 밀치고
조각배 띄워본다

새 봄은 오는데

기울어 옹색한 낡은 담벼락에 봄비 오면
하얀 목련 오르는데
봄처녀 가슴은 허전하고
낯설어 있다

덩그렇던 만동 하나 샛강 위에 흐르고
복사꽃 봉우리가
붉은빛 머금다가
다가오려 하지만
아직은 세월이 멈춰 서 있다

사라져간 소망들

내일을 기다리다 반백이 되었는데
가득했던 불빛들 희미하고
달려온 시간들이
아련하게 흐른다

쉬었다 갈 것을 어설프게 서둘다가
먼저 간 사연들은 저만치 사라지고
아지랑이 홀로인데
우두커니 서 있다

바람 속의 꿈

사랑하던 사람들도 길가의 들꽃처럼
부풀려서 터트리고
떠나기도 하지만

구름 하나 당겨서 품으려고 하다가
흩어만 놓고
바람으로 떠난 사람

수레인가 하였더니 반쪽만 남아서
걷지도 못한다면
그것이 홀로 꿈이랴 한다

까치가 올 거니까

능성이 허리에 구름이 걸쳐있다
해무가 흐르듯이
한 겹 덧쌓여지면

머물다 힘겨워 소나기가 될 텐데
숨죽인 세월이면
내렸으면 좋겠다

촉촉이 적시고 어깨를 누르다가
태양빛 찾아오면
까치가 올 테니까

물처럼 살면 되지

세월을 당겨서 머물고 싶었지만
미련일 뿐이다, 채워지지 않는 것이
그것인 것뿐이랴

빈 그릇 담다가
허욕만 키워놓고
오르면 발밑인 태산을 높다 한다

물방울 뭉쳐야 파도가 되는 것을
도랑에 배 띄울까
흘러야 바다가 되는 것을

그 사람이었을까

빗살이 힘겨워 담벼락에 기대서면
젖어 든 운무가
골목길 스치는데
우산 하나 우두커니 섰다가
돌아서 간다

뒷모습 쓸쓸하고 골목길 젖어있어
밤새 울던 바람 하나 붙들고
누구요?
묻고 멋쩍어
말없이 떠난 사람

망향

동행하다 헤어진 향수가 머물던 고향
세월이 흘렀는데
그림자 남았을까
들꽃에게 물어 본다

메마른 쑥대머리 어깨 걸친 홀씨 하나
그대는 보았는지
온다던 그 사람
어디쯤에 계신지

초가 헐린 고향 집터 남풍도 떠났는데
그 사람은 머물까
망향에 젖어있다
곧 서리꽃 필 텐데

2부

슬픔

모닥불과 황천길

세상 참, 야속타!
평생에 갖지 못한 불쌍한 늙은인데
뭐 하려고 데려가누
눈 녹아 새봄 오고 복사꽃 피면
쉬엄쉬엄 갈 터인데

엄동설한 수의 한 벌 걸쳐 입고
어이해 걸어갈까
산골바람 고추바람 아직은 머무는데
급하게도 데려가누
야속하고 야~속다

노가야 잘 가거라! 이생걱정 하지 말고
염라대왕 면접에서 웃음꽃 피워보고
극락세계 묻거들랑
천년만년 살고지고
행복하게 살고지고

남겨진 육신일랑 근심 하나 하지 말고
양지바른 뒷동산에
도닥도닥 두드려서
비도 막고 눈도 막아
탁주 한잔 걸친하게 따라주마

할멈 가던 길

싸릿대 꺾던 날 화사한 모습으로
덩그런 시골집에
서 있던 꽃처녀
홀연히 떠난 뒤에

토방문 헐리고 하얀 연기 오르면
재 넘던 그 길이
멀기만 한데
뻐꾹새는 숲속에 갇혀있구나!

하얀 해당화

걷다가 낙조를 바라보니
붉게 익은 수줍음이 모래 위에 떠 있다
석양 노을 번지면 금물결 이룰 텐데 해풍은 멈춰질까

갈매기 우짖다 서쪽으로 떠났거늘 풍랑은 왜 이는가?
뱃길을 막아놓고 흘러가는 구름아
내 마음 가져가지

기다리다 지쳐서 한 맺힌 설움이 붉은 꽃 되었는데
그리움이 넘쳐서 가시 돋을 세웠나
망향에 설움이 하얗게 변했구나!

외로운 나그네

바람은 처마 끝에 앉아서 졸고 있는데
나그네 떠돌다
불 꺼진 창문 벽 기대보지만

머물다간 보금자리 기척이 없고
어둠만 무심하게 잠들어있다

모두 떠나 없는데도 우두커니 앉아서
하늘 한번 바라보고
빗물이 흐르는 거기에

노년의 이별

길 잃은 나그네는 어둠 속에 가려서
멀건 하고
저버린 복사꽃은 쪽빛 속에 갇혀서
창백하게 뉘었다

메마른 들꽃이 언덕배기 홀로 앉아
잔설을 원망하니
달빛 잃은 서산마루
까맣게 젖어버렸다

속세의 풍경소리

바람과 마주하던 산 너머 큰 북소리
속세에 머물 적에
불당에 촛불 하나 가슴을 태웠는데

길 떠난 노승은 바람인가 기약 없고
목탁 소리 끊겨있어
염주도 애달피 늘어지는데

불효자 힘겨워서 불전 앞 서성이다
번뇌의 숙연으로
연꽃을 피워놓고 속세를 걸어간다

황혼의 후회

희망은 있는 걸까?
길 찾다 먼 길 돌아왔는데
아 뿔 사! 오작교는 끊어지고

해지는 서산마루 노을 저편에
기러기는 나르는데
갈 곳이 없어

우두커니 앉아서 황혼을 바라보다
붙잡고 물어본다
당신 왜 왔소?

속세의 인연

길 떠난 여인이 문턱 앞에 서 있다
염주 하나 굴리다
무언에 잠겨서 합장하고
가녀린 촛불로 가슴팍을 태운다

숙연의 눈물이 연잎 위에 동그랗게
오므려서 토하다가
자비를 갈망하려 하는지
가슴을 여미는데

못다 한 인연들이 가냘픈 눈빛으로
뜰 안에 서서
번뇌를 당기다가 갇히어
속세를 갈망한다

천륜이 떠났다

멀어버린 눈일까
늑대의 눈빛이 가면 속에 가려서
보지 못한 까닭일까

세상을 원망하는 슬픈 모습 가증이
구름 속에 가려서
슬픔 속에 빠졌구나!

백수의 애환

바위벽 모퉁이에 비춰진 초라한 모습
여울은 희멀겋고
가슴은 덩그렇다

애원한 소망 하나 망울 속에 갇혀서
잠기니 어쩌나
여로가 힘겹구나

바라본 희망마저 구름 위에 머물다가
또다시 흩어지니
서러움만 흐른다

노년의 피로

난! 이미 갯벌 위에 서 있다
태양도 떠났으니 기댈 곳 없고

바람 같은 세월만
덧없이 흐르는데

푸른빛 머물던 마음에 파도
사라진 들판 위에 철썩

망각의 꿈

잊으려 했지만 지울 수 없고
맹세의 흔적만 아련하게 남아서
망각을 쫓다가
윤회 속에 빠졌다

지은 업 지우려고 촛불을 켰다
합장하고
여밀은 가슴팍 오므려서
세월을 갈망하니

잉태한 슬픔들이
스쳐 간 바람흔적마저 지웠으니
세월이나 쫓을까
또 다른 망각에 젖어버렸다

불효자의 환청

귀 익은 목소리가 가슴을 옥죄면
눈물이 난다
그리워서 보고 싶어서

환상을 그리다가 띄워보는 전상서
채워보려 하지만
언제나 비어있고

은은한 바람소리 가슴에 밀려오면
귀대고 가만히
그 모습 보일까

염원으로 빌지만, 죄업만 쌓여가고
그리움에 지쳐서
천국에 올랐으면

새벽길 떠나는 사람들

피곤한 가로등은 안개 속에 잠들고
거리는 희미한데
작은 빛 하나 한참을 기다리다
휑하니 사라지고

새벽녘 그 여인 골목길 돌아설 때
허름한 노파가 길가에 서 있다
흙 묻은 장화가 무거워 보이는데
누구를 기다리는 것일까

운동화 다소곳 조여 매다 멋쩍어
옷깃 세워 다가선 새벽시장
빈자리 있는데 청년이 서 있다
무슨 생각 잠기어 있을까

가방은 비웠는데 괜스레 만지다가
멋쩍어 우두커니 서있다
숙어진 고개가 힘겨워 보이는데
어디로 가는 걸까

도심은 꿈결인데 애타게 기다리다
말없이 떠나가는 사람들
가려진 새벽녘에
낯설은 그 길을 가려 하는 것일까

황혼

내쳐진 세월이 허공 위를 걷다 지쳐
초목 사이 헤매다가
길 잃은 가을처럼
길바닥에 서 있다

쑥부쟁이 동행하던 보랏빛 향기
솔바람을 실고와
먼 길 따라가려는지
마른 잎에 앉아있고

내서 있는 언덕에도 소슬바람 왔으니
가여운 잎새 하나
흩어져 뒹굴다 쌓이면
겨울이 오나보다

인생에 끝자락

좁은 가슴 차여진 용암이 트림하면
맺지 못할 인고일 거다
젖은 눈빛 쌓여서
화산이 되었듯이

이슬도 서글퍼서 동그랗게 움츠리다
떨어져 나르는데
설움 담은 낙수야
흐를 수밖에

허무한 인생

골 파인 발자국에 검은 그림자 남겨 놓고
돌아선 뒤안길에
낙엽은 스산한데
태양빛 옅어지고

아무도 없는데도 홀로 갇혀 숨죽인 세월
허망하게 잠겨서
돌아보다 비우고
슬픔으로 채운다

3부

_____

고독

장터의 애환

비좁은 틈새에 낡은 좌판 펼쳐놓고
고르다가
신문지 돌돌 말아
마수걸이라 싸게 주는 거여!
빛바랜 상자에 희망을 담고

어, 여! 춥지? 이리 와! 한잔 마셔
억센 손바닥은 꺼칠하고
커피 잔 맴도는데
멈추었던 여인의 장바구니
서성이면

이리 오셔요!
한번 구경이나 해보셔요
반쯤 남은 종이컵 좌판 위에 올려놓고
이거요!
어젯밤 올라와서 물 좋은 거여요
그놈 참, 통통하게 생겼네!

멋쩍은 침묵 장바구니 돌아서고
아쉬움 남기는데
멀거니 바라보다
넉살을 떤다
그려요! 다음에 또 오셔요

화롯불은 꺼져가고 가슴은 차가운데
고등어 한 손 더 올려놓고
떨~이요!
쉰 소리 들리는 휑한 장터에
오늘도 애환 하나 서 있다

다랑이 농부

동틀 무렵 골짜기에 하얀 억새
하얀 할멈을 닮았구나!
해 질 무렵
장작 지핀 아궁이 붉은 불꽃으로
가슴에 멍을 태워
여기까지 왔건만

뻐꾹새 떠난 둥지 허전하더니
하얀 눈 내린 그 긴 밤에
소쩍새도 울었는데
베갯머리 흐르다가
다랑논 굽은 언덕 동틀 무렵에
하얗게 피어있다

밤길을 걸었다

따스한 태양빛을 외면하고 걷다가
어둠 속에 갇히면 골목은 차가운데
무슨 사연 있었을까
밤길을 걸었다

차라리 그 긴 밤에
달이나 보았으면 수심은 없으려니
가슴에 동트면 태양빛도 올 테고
그때이면 좋을 것을

외로운 탁사발

늘어진 산등성이
뽕나무 가지 끝에 까치 한 마리
멀거니 앉아있고
비탈진 밭뙈기에 찬, 바람 분다

귓불이 차가운데 바람소리 들리면
튀겨져 쌓여 가고
검불도 갈퀴 안고 힘겹다는데
두툼한 손끝이 채를 부른다

굽어진 허리가 고갯마루 걸치면
힘겨워서 서럽지만
외로움 달래려고
구름 연가 띄우다가

세월이 속절없어 빈 술잔 들다가
걸쳐보는 탁사발
턱밑까지 흐르면
찾아오는 그리움

멍석 끝에 앉아서 눈가에다 담지만
숙여진 고개가
할멈을 부른다
싸리문은 휑하니 열려있는데

그 사람 아니어서 슬펐다

솜털 하나 나르면 바람 한 점 오듯이
까치도 울었는데 소식은 올까
등성이 보았다

구름에 가려진 태양빛 보고
그 사람 보일까 잔잔히 헤쳐 보다
길쭉한 모습이 아니어서 슬펐다

잔 빗살 받아서 새겨진 둥근 모습
장밋빛 닮아서 곱기도 한데
그 사람 아니어서 슬펐다

살포시 가슴에 그 사람 안고
촉촉한 눈으로 서로를 바라보는
사랑이 아니어서 슬펐다

통곡 1

깨져버린 쇳소리 들리다가 끊겨서
아련하건만
여린 가슴 산산이 조각되어
허공 속에 흐른다

처진 목 치켜들다 힘겨워서 멍하니
내뱉는 서글픔이
폭풍 속에 잠기다 떠오르면
오열이 시작되고

촛불을 가르다가 슬퍼서 쓰러지면
가슴을 비우는데
빈 것도 없는지
영혼 없어 힘겹다

잿빛 향 흐르는데 떠도는 눈빛 하나
인연 따라 떠나면
혼자인 것을
통곡 소리 들린다

통곡 2

하염없는 설움을
가슴 속에 담다가

독 속에 묻힌 여인
바닥이 질펀하다

환영도 잠든 시간
쉰 소리 아련한데

이별이 서럽구나!
새벽녘은 오는데

세월 속에 묻혀서

하늘 끝 하염없고 대지마저 푸른데
잿빛은 왜 오는지
세월이 수상하다

깊은 숲은 파르르 청송도 어제처럼
맞닿던 언덕배기
갈색으로 변했으니

이제 곧 등성이에 뻐꾹새 찾아오면
쓸쓸히 사라져간
동장군 올 텐데

남녘으로 가는 길

깊은 산속 메아리 옹달샘에 모여서
마른 목을 축이다
고독 속에 빠지고

낙엽 쌓인 그 위에 하얀 눈 쌓여서
무르팍 무뎌지면
아련할 것 같아서

하늘 언덕 돌다가 북새바람 올 적에
남녘으로 가는 길
지우고 새로 쓴다

봄은 왔는데

선달을 채우고도 천문을 열더니
하얗게 다가와
처마 끝을 가렸다

소나무 가지마다 힘겹고
사립문도 잠겨서
세상이 멈췄는데

입춘대길 크게 쓰고 웃다가
장죽에 갇혀서 불을 당긴다
세상이 말세라

탈곡소리

논둑 길 걷다가 추억 속에 갇혀서
들꽃을 바라보고
머줍게 웃는 모습 가여워
가슴에 담아놓고
탈곡 소리 부르면

서산마루 끝쯤에 그 소리가 들렸다
반가워 들녘에 남겨 놓고
갈대숲 거닐다가
하얗게 물든 가슴
서산에 올려놓고

행여 올까 바라보던 산 너머 남쪽
세월 실은 구름은
덧없이 흐르건만
탈곡 소리 끊겨있다
아직은 바람소리 남았는데

은행잎 물드는데

노랗게 물드니 가을이 왔나 본데
뭣하니
하늘 보고 있잖아!

파도는 여울에 정처 없이 왔다가
힘겨워서 떠났는데
무슨 미련 남아서

흐르는 구름 위에 멍든 사연 띄우고
은행잎 날리는 날
그 길을 가려 하나

푸르던 가슴 속에 노란빛 찾아들면
곧 찬바람 불 텐데
은행잎도 떨어지고

광화문 천둥소리 들렸는데

별빛을 헤매더니 천둥소리 들렸다
빗물이 내리던
해 질 녘 도심에

작은 불빛 하나 · 둘 모여지다
촛불이 되었는데
그날도 기어이

아낙 떠난 빈터에 어둠이 찾아왔어
장미꽃 그 소녀가
거기에 있었지만

설운이 가던 날

몇 년을 살 것처럼 오그리고 있더니
쉽게도 가셨네!

섣달의 긴 밤을 처마 끝에 머물더니
그 먼 길 떠나셨나!

샛강에 물오리가 떼 지어 놀자 하니
봄바람을 부르던가?

굽어서 가지 못할 청송만 남겨 놓고
홀연히 떠난 사람

초승달

둥근 얼굴 감추려고 눈썹만 하얗게
홀연하게 떠 있다

저녁놀 이별하면 떠돌다 외로워서
조각배 되는 것을

사공인들 알겠냐만
네 마음 슬퍼서 어둠 속에 가렸는데

별이야 모여서 은하수 되는 것을
띄워서 갈 테지만

산마루 어두워서 갈 곳이야 있을까
돛대도 휘었는데

가다가 잠기면

대바구니 든 여인 들녘 길 걷다가
논두렁에 앉아서
설운에 잠겨 진 고랑을 헤집는데

하얀 여울 담겨진 옥 같은 물방울
튀겨진 빗살 사이
만추 떠난 보랏빛 쑥부쟁이 보인다

초록빛 작은 미소 네 모습 같아서
하얀 이슬 흐르는데
가슴속에 가두고 남쪽으로 떠난다

지워버린 옛 추억

만추와 배웅하던 어제 같은 세월이 다시 올 수 있다면
그곳에 머물고 싶었는데
세월이 만추를 버렸구나!

뒷모습 보이려다 가을하늘 앞세워 세월 먼저 보내고
그 먼 길 홀로 걷다 힘겨워
설운에 갇혀있다

추억도 지워버린 그 사람 하얀 기억마저 모른다 하니
나만 홀로 떠올린 그리움이
빗물 되어 흐른다

강태공

걷더니만 너 역시 태공이 되었구나!
여울은 덧없이 흐르는데
허공을 자르더니
옥줄을 당기누나

세월은 저만치 저 홀로 떠났는데
띄운들 올까마는
그 시절 그리워서
옥줄에 매달리고

가슴을 조여 놓고 물안개 바라보다
이제는 황혼인데
빈 세월을 낚다가
여울 속에 잠기려니

먼 훗날

펼쳐진 하얀 구름 서산을 넘고
밭, 갈이 분주한데
앙상한 가지 끝에
한 뼘쯤 누런 잎새 애처롭다

나부끼다 세월 속에 묻어두면
끝자락에 설 텐데
따라서 가려는지 바람이 분다
할멈은 떠났는데

늙은 농부 고뇌 속에 갇혀서
애원도 속절없고
다가서는 한풍이
가슴을 짓누른다

붉은 석양 이루다 잿빛 되면
몸뚱이만 홀로인데
누구와 동행할까
외로워서 그리워도 하겠지만

세월이 남았는데

걷던 길은 흩어져 사라지고
삶마저 힘겹다면

설움만 쌓일 텐데
가야만 하는 걸까

그래도 떠난다면 어디로 가는 걸까
세월은 남았는데

혼자서 걷다 보니

사랑가 불러주면
그 사람 다가올 줄 알았다
하얀 눈 뿌려놓고
걷다가 돌아보니 혼자여서

보았다 골목이 휑한 것을
세월 덮은 길인가 하였더니
발자국 없고
인연마저 끊겨있다

닳아서 헐거워 혼자서 짚다
덧대고 남긴 추억
찾으려고 걸었는데
꿈길 속을 걸었다

쪽방 속의 커피 향

까맣게 파인 골 힘겨워서
걷다가 돌아보니 뒤안길 희미한데
바람소리 들린다

서글픈 추억들이 모퉁이에 쌓여서
태양빛 가렸는데
옹기종기 모여 있다

조각난 마음이야 흩어져 가겠지만
다 닳아 끊긴 인연
덧대지 못하고

지워진 인생 자국 잡초만 무성한데
쪽방 속에 남아서
움츠리고 앉아있다

무너진 담장 벽에 빛바랜 문패 하나
바람에 덜렁이면
커피 향이 그리운데

해 질 녘에 코로나가 가던 날

구름 하나 까매지고 바람 하나 스치더니
을씨년스럽구나!

멈춰진 시간 태양빛도 가려서
어둠으로 까만데

해질녘 하얀 나비 서산 넘어 날다가
묻혀서 사라졌다

뭐길래

괜시리 다가와 힘겹게 하더니만

머물던 모퉁이에
꽃잎 하나 떨구고

바람을 따라 간다

후회

곱다 하니 고운 줄만 알았지
네 마음 알았을까
무작정 걷다가 돌아보니
굽어버렸다

바람도 휭하니 저 멀리 떠났는데
왜!
그 길을 걸었을까
힘겨워서 슬펐는데

한 수

가다가 힘들면 그대로 있지

뭐 하러 가나

여울

물방울을 가르며 희망을 주는 듯이
동그라미 속으로 묻혀 가는데
여울은 또다시
아무 일 없었던 것처럼
그대로 고요하다

내 마음 둘 곳이 거기에 있었을까
무슨 말 전하려던 것처럼
파도를 두드리다
침묵 속에 빠져서
묵언에 잠기는데

4부

———————

추억

반달

초롱은 벌써 서산을 넘었는데
창살을 흔들더니 처마에 부딪치고
아—
너였을 거였으면 마중이나 해볼 것을
차마 네 올 줄 알았을까
언저리 하얗게 가려진 모습
애련하구나

담그고 쪽배나 띄웠으면
녹슬어 닳아버린 그리움은 없었겠지만
은하수 여울물에 담가보고 싶어서
구름 위에 띄워놓고
휘어진 돛대를 달았으니
구름 뒤에 가려서
그마저 마주할 수 없었지

세월을 걷다가

바랑이 걸머메고 걷다 보면 힘겨워서
남겨진 발자국에 세월을 담으려다
억새에 묶여서
길섶에 눕기도 하겠지만

고뇌 쌓인 나그네는 보랏빛 보고
인연인가 설레며 쑥부쟁이 찾다가
황혼의 문턱에서
아련하게 잠든다

인생의 들꽃

후일이 문턱인데 반백이 되었구나!
가는 길 잃었거늘
멈춰나 보지

두려움 쌓이고 등짝이 무거울 때
구만리 인생 여로
홀로 걷다가

시름에 묶여서 길 잃고 쓰러지면
쉬었다 못 할 것을
어이해 따라갈꼬

두견새 우는 산골 풀피리 입에 물고
들꽃이나 몰래 섞어
돌아나 보았으면

이순이 남긴 사랑

까르르~ 웃다가 휘둥글 하더니
풀숲 사랑 남겼구나!

수다 떨던 소녀야 그리워서
젖은 눈썹 스미는데

고운 미소 잠겨있고
멈춘 시간 애석해 에라 잠들고

노란 꽃 피었으니 반백은
박꽃으로 남기고

남긴 사랑 한 송이 가슴에 품다
돌아설 때 이순이면 족하지

그리운 그 사람

어느 날 갑자기
천사가 왔으면 하고 긴 목 내밀다
그리워 창문에 기대본다

태양빛 희미하여 고독 속에 잠기다
눈길 속에 갇혀서
갈길을 잃고

내 살던 남쪽 하늘 그리워서 슬펐다
발자국은 지워지고
오솔길도 가려지니

애달픈 탱자나무 한 뼘의 그림자가
다가오다 사라지면
그렇게 멀기만 하다

고독

인적 없는 산골에 쌓이는 하얀 꽃 누구를 기다리다
골짜기를 메우고 하얀 눈에 파묻혀
나 걷던 그 길에
상고대를 피우나

무심코 꺾어놓은 외로운 갈대 하나
낙화 되어
거목 위에 걸쳤는데

석양빛 머금던 지난 추억 태양빛 희미하고 찬바람 부니
재 넘다 지쳐버린 설움이
하얗게 물들이다 눈꽃이 되어
두 눈에 갇혀있다

지금도 배꽃이 피어있는가!

선녀의 드레스 긴 자락 스쳐 간 그곳에
눈꽃 쌓인 추억이 그리워서
무심도 떠난 자리
조용한 산사에 풍경소리 들렸다

푸른 파도 너울에 과수밭 풀 내음
코밑에 스미는데
가는 바람 머물다 홀연히 떠난 자리
배꽃이 피어있다

백옥의 천사인가 다소곳 앉은자리
길 따라 하얗게
펼쳐진 뽀얀 것이
네 마음 닮았구나!

사랑을 안으려고 별 밟고 밤길 걷다
벌레 소리 들려서
가려진 장막으로 너를 안다가
추억으로 담아본다

가는 세월 아쉬워 여린 손만 붙잡고
띄워보던 돛단배
고요히 흐를 적에 배꽃을 띄워놓고
그려본 소녀 모습

이제야 사랑을 펼쳐 놓고 그리움을
추억으로 남겼으니
도봉거사 붓끝 그 자리에
아직도 하얀 배꽃 피어있겠지

송년의 잔

만추가 서성일 때
임 떠난 골목길에 뒹굴던 낙엽
서둘러 눈꽃을 피우다가
한기에 움츠리고
힘겨워서 휘청일 때

돌아선 한세월이 차마 아쉬워
메마른 쑥부쟁이
거울 속에 담다가
말없이 떠나가면
한해를 보내는데

골목길 돌아보다 외로운 여심 하나
뒤안길에 남아서
채워보는 유리잔이
검붉게 물들이면
사랑 하나 보듬는 과거 속에 갇힌다

봄비가 오는데

하얗던 춘설이 언덕 넘어가다가
아쉬움 남겼을까?
대문 앞 웅크리고 앉아서

기다리고 있다가
선 그은 등성이에 산풍이 불어오니
붙잡고 싶어

숨죽인 대지를 또다시 덮으려 한다
작년 봄 길 떠난
봄비는 와있는데

단풍

감싼 달빛들이 긴 밤 지새우다
이슬에 부비우고
새벽을 맞이하다
오실까 하고
붉은빛 띄워본다

초록빛 가슴은 치마폭에 가리고
달아오른 수줍음
살포시 건네주다
붉어져서 화들짝
양 볼이 수줍어라

추억의 그림자

수양버들 채질하면 떠올라 아롱진데
세월이 지워버린 아련한 추억 속에
두 사람 서 있다
즐거웠던 그 시절 그리워서
손잡고
추억 속에 잠겨서
물방울을 섞는다

둘이서 애달피 만들던 사랑
느끼고 싶어
그림자를 묶는다
가슴 언저리 담았던 인연인데
또다시 흩어지는 그림자 서글퍼서
서둘러 안으려고
길게 밟고 서 있다

갈색가지 하얀 꽃

청산은 그대로 강물 위에 떠 있고
바위벽 하얗게 부딪치던 진주알
석양빛 찾아오면
금빛 물결 수놓는
남포 같은 내 고향

넘실대던 물결이 밤안개 이루다
버들잎 입 물고 새벽길 가면
양 볼에 하얗게
담아놓은 분첩으로
눈꽃을 그려 본다

흐트러진 머릿결

여린 바람 소매 끝에 머물고
파도는 평온한데
설움 하나 다가와
구름 위에 흐른다

수평선 점 끝에 그 사람 보여서
걷다가 돌아보니
보고 싶은 그림자 가려있어
가슴으로 울었다

만추의 길

길 떠난 아지랑이 산 넘어 아련한데
나그네 떠난 자리
갈색 빛 찾아들고

하늘 허리 맞대던 앞산 넘어 수채화
점 하나 찍었더니
퍼지다 사라지고

메아리 둥지 튼 낮은 숲에 오솔길
낙엽 밟던 들국화
바람을 몰고 간다

5부

풍경

고향

새벽녘 봄비가 내렸다 발자국을 남기고
기약도 없더니
하얀 눈 힘겨워 하드만
풀잎을 적시고 버들잎 부비니
곧 아지랑이 올 텐가

마음이 설레어 들녘을 걸었더니
초록을 맞대던 끝없는 지평선이 보인다
남풍이 머물던 내 고향
무작정 걸었다
그 모습 보일까 하고

멈춰진 항구

늙은 아낙 옷깃 여민 한적한 포구
하얀 눈 쌓이면
갈매기는 우짖고
비어서 쓸쓸한데

닻줄을 당겨서 볼 라드에 걸친다
돛대를 접다가
찬바람 맞는데도
노심은 파도가 그리워서

가마솥 향수

흩어지던 골바람 처마 끝에 모여서
낙엽들을 부른다

떠나간 시골집 외로워서 비웠는데
노부부
행길까지 나섰고

뒤늦게 찾아와 무엇을 전하려고
낙엽을 부르는지

외로운 까치 형제 고향 찾아오거든
가마솥 향수 하나
전해주려 하는 걸까?

가을 끝 여심

기대선 여인 허전한 것일까 담벼락에
우수가 흐른다
모퉁이 감빛도 흐르고

바람은 휑한데 낙엽은 뒹굴고
여민 옷 그 여인 가슴이 허전하여
만추를 부르는데

마음에 스민 연정 애잔하고 짠하여
서럽고 힘겨워 쑥대머리 되어도
머물고 싶어라

가을이 가는 길

달님도 해님도 아닌 것이 중천에 떠 있다
회색빛 구름에 가려진 모습
외로워 보이는데

갈색의 언덕 안개 속에 가려서 가물하고
작은 소에 낙엽 하나
우수에 잠겨있다

곧! 북새바람 불 테고
가을비 내리면 외로운 낙엽 하나 붙들고
뒤돌아서 갈 텐데

그리운 그 사람

바람 스쳐 전해준 바람이 혹여나 나였음
흙 내음 섞고 그리다가
설레던 가슴

누렇게 익어간 논둑길 앉아 바람을 세다가
외로운 풀잎 하나 가두고
불러본 사람

쾌청한 들녘 금빛 아롱진 이 가을 가기 전
비워진 내 가슴에
윙크 한번 해주지

마음의 해바라기

태양빛 가려지고 찬바람 밀려오면
허전하고 그리워서
길게 내민다

그 사람 그리운데 남쪽은 희미하고
구름마저 섰거늘
고향 산천 훑어서

마중하려 하지만 장대 같은 소나기
하염없이 내리고
등성이만 까맣다

기다림

촉촉한 머릿결에 솜털 하나 나르면
생각이 난다
가슴을 두드리던 그 사람

그리다 미련 두고 홀로 만든 추억이
산처럼 쌓였는데
누굴까

묻혀있던 낙엽도 담장 벽에 기대어
찬바람을 부르는데
괜시리 골목길에 서 있다

붉은 단풍

가지 끝 햇살이 임의 모습 같아서
안아보려 할 적에
늘 푸른 사랑이
수줍어서 내뱉는 이슬을 담으려다
옹달샘에 빠졌다

물방울 튀겨서 태양빛 아롱진데
산 여인 펼 쳐놓은 연분홍 편지
추풍 길 넘다가 갇히었으니
기어이 못가네
불꽃은 피웠는데

가을이 가는 소리

황금을 삼키다가 내뱉는 탈곡 소리
알곡 위에 머물다
들녘 길을 걷는데

남녘에 가을 바다 갈색으로 변하면
갈대숲만 하얗게
세월을 보듬다가

계절을 시샘하는 붉은빛 단풍들이
가을을 토할 적에
가슴을 쓸어안고

만추도 아쉬워서 낙엽 몰고 가는데
따라서 가려는지
갯가에 바람소리 들린다

이별

애틋한 애정이 머물던 그 날
연지 같은 사랑으로
보듬던
사람

내 마음 빨갛게 익어갈 쯤에
하얀 구름 모으다
억새꽃
피워

바람 같은 갈대숲 이루더니
밤이슬에 씻겨놓고
내뿜던
눈물

낙엽

아지랑이 머물던 내 고향 작은 언덕
파랗게 물든 모습
정겨웠는데
가을비 맞다가 고개 떨군 그 사람
바람을 마주하다
멈춰 서 있다

옛 추억

두드리던 별빛이 처마 끝에 머물다
강물 위에 흐르면
돛단배도 하얗게
그 사람 실었는데

오늘은 암흑이고 별빛 하나 없구나!
달빛이 머물던 내 고향 언덕
돌아선 나그네
그림자처럼

가름한 그 소녀가 애틋하게 다가와
사립문에 서 있다
추억은 아련하고
까맣게 재가 되어있는데

메밀꽃 사랑

처마 반쯤 처진 너와 담장 끝 넘어
작은 꽃 하얗게
사랑을 깔았구나!

가을하늘 저 멀리 흩어지다 모여서
잔 구름만 남기더니
마당까지 하얗다

해맑은 농부가 기어이 바람을 불러와
파도를 민다
하얀 꽃 여리게 흔들리게

가슴에 담아놓은 사랑 편지 띄워놓고
구름 뒤에 숨어서
하얀빛 올 때까지

길 가다 우연히 마주친 하얀 나비가
틀어놓은 둥지에
뻐꾹새 올는지 그렇게

작은 꽃

하얀 나비 날다가
다소곳 앉아서 두레박 담아보려
길게 내민다

작은 벌 왔다가 샘터를 비웠는데
한참을 그렇게
풀 섶에 앉아있다

봄비가 오면

허전한 등허리
가슴만 가리고 움츠리고 앉아서
길가는 나그네
붙잡으려 하지만

안개구름 흐르다 들녘 길 앉아
산허리 휘덮고
촉촉하게 적시면
발끝에 머무는데

황구의 메아리

둑길 걷다 돌아보면
싸리문은 삐뚤게 닫쳐있고
메아리는 지쳤는지 길을 잃어버렸거나
지평선에 머무는데

버들가지 채 바람이 다가서는 한여름
빈자리 휑한데
삐꼼하게 치켜뜨고
쉰 소리를 던진다

한낮은 중턱이라 농부는 분주한데
무엇을 전하려고
꿈결 속에 잠겨서
뒤늦게 내뱉나

가려진 창

마주한 인연이나 이어갔음 하였는데
커튼 내려 가려서
밤길을 가려 한다

두른 듯 펼쳐진 물안개 같은
백옥의 미소
마중하고 싶었는데

실개천 작은 물결 굽이쳐 흐르다가
새벽녘 여명 오니
흩어져 사라진다

할멈이 머물던 곳

꺾어진 싸릿대 둘려진 울 아래
봉선화 다소곳
머물던 시골집에
길 떠난 만추가 태양빛 가려놓고
골바람을 불러와
낙엽들을 떨구면

해 질 녘 하얀 연기 서쪽으로 흐르다
구름 속에 가려서
서산 위에 머물고
구석진 외양간에 어두움 찾아오면
남겨진 바둑이가
달빛 안고 잠든다

태산의 미소

녹색 모자 쓰다가 벗어놓고
드레스만 두른 여인
서 있다

여명은 밝았는데 수줍어서
겉옷을 걸쳤는지
반쯤만 가려놓고

세월도 외면하는 산중에서
천년을 그렇게
그 자리 서 있다

새벽의 천사들

새벽안개 내려진 촉촉한 도심 속에
오늘도 천사님 보인다
감사합니다, 고맙습니다

내일은 잠시 틈새를 내어보세요
새벽녘 피곤한 당신만의
휴식을 위해

가지 끝 매달린 은행잎이 내뿜는
가을 향을 맡으며
조용한 안식을 느껴보세요

은은한 향기가 받쳐오를 때
지그시 눈 감고 명상에 잠기다가
환하게 웃어보세요

거울 속에 비쳐진 노란 행복이
어제 당신이
깔아놓은 카펫입니다

몽당 빗질로 은행잎 쓸어 모은
당신의 무릉도원
오늘도 노랗게 익어갑니다

빈 터

회색빛 하늘인데 눈꽃이 하얗게
장대 위에 내려와
맴돌다 사라지고

지펴놓은 아궁이 내민 끝자락에
회색빛 연기가
옅게 흩어지면

무딘 손끝으로 장작 쪼개 피우던
작은 안식처
할아범 떠난 뒤 할멈도 가고

구름에 가려서 어둠이 왔는데도
바람 하나 넌지시
처마 끝에 앉아서

누구 없소! 주인 없는 외딴집엔
메아리도 떠났는데
하얀 눈 찾아오는 것일까

학의 여인

학에 날개 펼치고
힘겨울 텐데 어깨 넘어 미소가 보인다
닮았어라

장바구니
넘치게 모정 담은 여린 손에 굽은 허리
힘겨울 텐데

환한 미소
사랑 가득 채우고 걸어가는 그 여인
비좁은 장터 길을 걷는다

찬비 속에 목화 꽃

하얀 물거품 아지랑이 흐르듯
끝없이 오르고
여인에 머릿결
찬바람 맞으면
흐르는 물결은 산기슭을 닮는다

갈매기 날다가 수평선 멀리
점점이 사라지고
파도만이 푸른데
기어이 그 여인 산기슭 언덕에
목화 꽃을 피운다

인생길

인생길 가다보면 넓은들 보이지만
막상은 그대로 있다
좁혀서 숨 막히고

채울 수 없는데도 채우려 하면
못 비운 헛것들이
그대로 남아있다

휑한데도 가다 보면 비좁은 인생
좁다 하면 휑한데도
점 하나 둘 곳 없다

단풍잎 보다가

그렇게 수줍어하더니 이슬을 머금고
옥빛 같은 구슬로
붉은빛 띄운
복사 같은 네 모습
아름답구나!

다가서서 가만히 손끝에 올려놓고
떠올린 네 모습이
어쩌면 닮아 보여
붉어진 내 모습
옹달샘에 담가보았다

약수터의 가을

은빛 하나 똑 조롱박에 채워서
목축인 아낙
햇살에 영롱하다

노란 잎 은행나무 감싼 우물터
건들바람 남아서
머물려고 하지만

낙수 소리 노랗게 익어갈 쯤에
아낙에 미소가
멀어져 가면

산새도 제 갈 길 떠난 약수터
반쪽에 홀로 앉아
가을을 배웅한다

풀무소리

진용섭 지음

발 행 처 · 도서출판 청어
발 행 인 · 이영철
영   업 · 이동호
홍   보 · 천성래
기   획 · 남기환
편   집 · 방세화
디 자 인 · 이수빈 | 김영은
제작이사 · 공병한
인   쇄 · 두리터

등   록 · 1999년 5월 3일
(제321-3210000251001999000063호.)

1판 1쇄 발행 · 2021년 6월 20일

주소 · 서울특별시 서초구 남부순환로 364길 8-15 동일빌딩 2층
대표전화 · 02-586-0477
팩시밀리 · 0303-0942-0478

홈페이지 · www.chungeobook.com
E-mail · ppi20@hanmail.net
ISBN · 979-11-5860-632-9(03810)

이 책은 (재)홍천문화재단 지원금으로 발간되었습니다.